KB132856

계곡의 찬 기운 뼛속으로 스며들 때

곰곰나루시인선 016

계곡의 찬 기운 뼛속으로 스며들 때

이명애 시집

곰곰나루

시인의 말

북한문학을 연구한다는 어느 대학원생이 인터뷰를 부탁한 적이 있다. 나의 첫 시집 『연장전』을 읽었다고 하면서 여러 질문을 하였는데 그중에서 기억에 남는 것이 하나 있다.

시를 쓸 때 어떤 점에 포인트를 주는가?
이미지에 초점을 맞춘다. 내가 글을 쓰는 목적은 북한의 실상을 알리는 데 있다. 시를 읽으면 그림을 보듯 눈앞에 그 상황이 그려지기를 원한다.

인터뷰에서 말했듯 내 머릿속에 있는 사실을 그대로 묘사하려고 애쓰다 보니 시가 길어지는 경향이 많다. 아직도 시인으로서 부족하다는 방증이기도 하다. 많고 많은 가슴속 사연을 그대로 묵혀둘 수 없어 성숙하지 못한 걸 알지만 두 번째 시집을 내기로 결심하였다.

세상이 그리 호락호락하지 않다는 것을 새삼 느끼는 요즘이다. 코로나19를 잘 버텨냈나 싶었는데 물가 폭등으로 사람들이 지갑을 선뜻 열지 못하는 것 같다. 잠시 주춤하던 코로나도 다시 폭증한다는 소식을 매일 접한다. 가게 손님도 줄고, 배달주문도 줄고, 현상 유지나 하는 정도다. 그러나 한편으론 감사하다는 생각도 든다. 시간적 여유가 생기고 글을 쓸 마음의 여유가 생긴 것이다.

생각날 때마다 한두 줄씩 적어놓은 것들에 살을 붙이고, 옷을 입히고, 다듬어 두 번째 시집을 내놓는다.

늘 아낌없는 응원과 격려를 해주시는 허혜정 교수님과 깨알 같은 가르침을 주시는 휘민 교수님께 감사의 인사를 전하면서.

2022년 10월
이명애

계곡의 찬 기운 뼛속으로 스며들 때

차례

제2부

제1부

이탈자

문란한 사회질서 바로잡으라는
꼭대기 방침이 하달된다

앉아서 굶어 죽을 순 없어
살길 찾아 떠난 사람들
관할지로 돌려보내기 위한
대규모 교환 작전이 펼쳐진다

각 시 군별로
타지에서 온 사람들 잡아 싣고
도내 종합운동장에 집결한다

모두 대가리 뒤로 손 올려!
이 쌍간나야, 똑바루 앉지 못해?
임시로 동원된 호송원들
발길질해대는 꼴
쑥대에 올라간 민충이 같다

데려온 사람들 넘겨주고
데려갈 사람들 버스에 싣고
밤새 달려
꽃제비 구호소에 가두고
담당 보안원에 연락했으나
감감 무소식이다

주인 없는 낡은 집
장맛비 한 번에 다 허물어지고
그나마 온전한 집은
이미 빚값에 넘어가 버리고

종잇장에 머무는 이들 몸뚱이
냄비 숟가락 옷가지 몇 개 들어 있는
배낭 하나가 전부인 사람들
도대체 어디로 데려가란 말인가!

10호 초소

저 멀리 무산광산이 보이고
흙먼지 뒤집어쓴 버스
10호 초소 앞에 선다
사람들 모두 내리자
차단봉이 올라가고 빈 버스만 통과한다

한 줄로 길게 늘어서서
한 사람씩 증명서 검열을 받는 모습
독립운동가 잡으려고 혈안이 된
검문소를 방불케 한다

국경지역 공민증은 손에 들려줬지만
브로커의 도움은 여기까지다

간단한 북쪽 말투 연습은 했어도
진정시킬 수 없는 가슴
말을 시키면 어떡하지?

드디어 내 차례가 되고
공민증을 받아든 군인
공민증 사진과 내 얼굴을 대조해 보더니
군말 없이 돌려준다

후~~
긴 숨 가만히 뿜어내고
쿵쾅거리는 심장 소리 들킬라
저만치 서 있는 버스에
얼른 뛰어가 숨고 싶은데

꼿꼿이 앞만 바라보고
다리에 힘을 주며
천천히 걸음을 옮긴다

통제구역

연풍호 어딘가에 별장이 있고 주변 야산은 사냥터
다. 금방이라도 산짐승이 뛰어나올 듯 잡관목이 우거
진 시커먼 숲속, 무성한 산기슭을 따라 다른 곳에서는
결코 볼 수 없는, 전혀 닳지 않는 깨끗한 시멘트 포장
길이 오불고불 나있다. 철조망 둘러친 곳곳에 보초병
마냥 우뚝 버티고 선 팻말이 보인다.
'입산 금지, 절대로 들어가지 마시오'

포장길 아래 농장 밭에 일하러 간 엄마를 급하게 찾
아 나선 중학생 아들이 자전거를 타고 가다 보안원에
딱 걸렸다.
"야, 거기 서! 이 쌍간나새끼, 여기가 어딘 줄 알고
건방지게 자전거를 타?"

영문도 모른 채 자전거를 빼앗겼다. 공손히 두 발로
는 갈 수 있어도 자전거는 갈 수 없는 길, 그 어디에도
자전거는 타면 안 된다는 말뚝도 없다.
중학생 엄마는 비싼 고급담배 한 막대기 고이고 자
전거를 찾아왔다. 눈 덮인 겨울, 대문 앞보다 먼저 사

냥터로 가는 포장길 말끔히 쳐내야 하고, 먹이 찾아 마을에 내려오는 노루에게 사람 먹이로도 부족한 시래기를 눈밭 위에 걸어줘야 했던 엄마는 애꿎은 아들만 닭달한다.

죽어가는 마을

동장군이 기승을 부리던 날
물동이 인 엄마 따라 쫄래쫄래
샘물에서 김이 문문 나는 것 보고
이상한 생각이 들었다

무더운 여름 정신없이 뛰놀다
샘물가에 답삭 엎드려
다디단 냉수 꼴딱꼴딱 마시고
시린 발 점벙점벙 튕기면
송골송골 땀방울 쑥 들어가 버렸다

두 아이를 앞세우고 고향을 찾은 날
백날 왕가물에도
조잘조잘 노래하던 박우물
찰랑찰랑 넘쳐흐르던 샘물은 어디 가고
위를 덮은 누런 통나무만이
그곳을 지키고 있었다

동네 한가운데 큰길로
철길 넘어 군수공장의 하수가 합쳐진 개울가로
물지게 진 아이 어른
빨래 버치 인 아낙네들 오고가는
낯선 이 풍경

대동강과 태성호를 잇는 물길이
마을 뒷산 땅속을 관통한 뒤
동네 샘들이 모두 말라버렸다고 한다

우리 마을의 앞날은 어떻게 될까!

무법자

의자와 선반을 넘어
가운데로 난 좁은 통로마저
사람과 보따리들 뒤엉켜
발 디딜 틈이 없다

그 속을 헤집고
열 칸을 이 잡듯 뒤져 잡아낸
통행증 없는 사람들
신성천역에 무더기로 떨궈버린다

강제집결소의 공짜 노력
앞뒤로 호위 받으며
공손히 끌려간다

집결소 소장의 집수리하고
보안원들 부대기 밭 농사짓고
비료와 맞교환되어
농장밭 김도 매고

백성 도리 다하고자
아글타글 산 죄밖에 없는데

새로 끌려오는 인력 없으면
보름이고 한 달이고
저들 맘대로 부려먹는다

강제집결소

사는 곳과 이름을 대니
그때부터 나는 개천으로 불렸다

계곡 옆에 자리한 오두막
꾸덕꾸덕한 강냉이밥
쉰내 풀풀 나는
억센 산나물국에 말아 먹고

무쇠 가마 두 개 놓인 부엌
양쪽으로 방이 있고
남자 여자 갈라져 들어간다
딸가닥, 자물쇠 잠기는 소리

비닐로 막은 작은 뙤창
어렴풋이 비쳐 드는 하늘빛
윗옷을 이불 삼아 눕는다

가마니때기를 뚫고 올라오는 습기

허리가 끊어지는 것 같다

겨우 눈감았다 떴는데
꽝꽝 문 두드리는 소리
기상! 기상!

희미한 동쪽 하늘
계곡의 찬 기운 뼛속으로 스며든다

앞에는 반장으로 지목된 제대군인
뒤에는 집결소 젊은 보안원
호미 하나씩 든 사람들
산 중턱 밭머리로 몰고간다

21세기와 19세기

돈 있는 사람은 돈을 내고
지식 있는 사람은 지식을 내고
힘 있는 사람은 힘을 내고

해방된 강산의 구호는
인민의 마음을 움직였다

돈 있는 노동자는 돈을 내고
힘 있는 노동자는 권력을 앞세우고
아무것도 없으면 몸으로 때운다

1990년대 후반
개천-태성호 물길공사장에서 나온 말이다

권력과 뇌물이 법 위에 군림하니
공사장에 가는 사람은
힘없는 노동자들뿐

기관별로 직장별로 구역이 정해지고
능력 있는 기관은
트럭과 포클레인 왕왕 돌아가고

주먹밖에 없는 직장에는
등에 붙은 뱃가죽 떼어내려 용을 쓰는
포대자루 둘러멘 노동자들

그 옛날 성 쌓는 노예들 같다

허기진 관복

외진 산골짜기 군관학교
담장 밖에 어슬렁대며
군인들 유혹하던 장사꾼들
경무원에 쫓겨 변두리 야산에 모여든다

염장무 한 조각에 된장 한 숟가락
다시 미역 한 가닥 동동 멀건 소금국
골싹한 잡곡밥 한 식기
삼시 세끼 거른 적 없는 미래의 군관들

쉬는 시간을 틈타
장사꾼들 찾아 달려온다

명색이 군관학교인데
가끔 명절엔 고깃점도 구경한다는데
퀭한 눈빛이 누가 볼세라
군복 앞섶의 실밥을 뜯어내고
꼬깃꼬깃 쌈짓돈 꺼낸다

허리띠 졸라맸을 부모님 생각하며
앳된 처녀 장사꾼 앞에 쭈그리고
허기진 관복 요동치는 창자 안에
부슬부슬 빵조각
허겁지겁 밀어 넣는다

뇌물

12월에 열리는 농장분배총회
일 년 열두 달 보상받는
현금분배 봉투

그 기쁨도 잠시
부기장 부기원이 죽치고 앉아
몽땅 강제 저금시킨다

이 풍경도 옛말
숫자만 적힌 빈 봉투
젊은이들 아끼는 옷 입고
뽐내는 날 돼버린 농장총회

양말 한 짝 살 돈이 없어
깁고 덧깁고
연연이 묶인 현금이 얼마인지

농사는 천하지 대본

꼬박꼬박 주던 현물분배
알곡 계획 못 했다고 자른다

이른 봄부터 끼니 걱정
한 달 넘게 부기실에 출근 도장 찍어도
은행에 돈이 없다는 냉담한 말뿐
돈 쌓아두고 굶어죽을 판

부기원의 은밀한 제안
은행원에 좀 찔러주면
얼마는 찾을 수 있다네

절반을 줘도 좋다는 농민들
장부에서 썩는 것보단 낫지
슬며시 올라오는 억울함

낟알 값은 하늘 높은 줄 모르고
십 년 넘게 쌓인 돈

강냉이 몇 되에 무너진다

매일같이 들려오는 죽음의 위협
부기장 부기원은
번듯한 새 주택을 짓는다

백주 강도

덜컹거리는 긴 적재함
묶지 않은 짐짝들이 흔들거린다
그 속에 눈에 띄는 노란 견장
두 줄에 별 하나

힘겹게 언덕을 오르는 추레라
어디선가 나타난 군인 두 명
슬슬 차를 따라 걷는가 싶더니
훌쩍 적재함에 올라탄다

눈 한 바퀴 굴리더니
큼직한 휴대용 칼 빼들고
앞에 있는 여인의 명치 쿡 찌른다

잠바 올려!

젖가슴 아래 납작한 돈주머니
부들부들 떠는 손

날선 칼로 밀어내고
목에 걸린 빨간 끈 썩둑 자르는 강도

빨간색이 돈 잘 붙는다는 낭설
옆착의 돈은 이미 내 것이 아니다
심장 아래 고이 품은 가족의 목숨
끊어진 생명줄이 피를 토한다

한 놈은 앞에서부터
한 놈은 뒤에서부터
차례차례 싹둑싹둑
가운데로 점점 좁혀온다

강도와 마주 선 중년의 여자
칼날을 잡고 늘어진다
손가락에서 핏방울이 뚝뚝 떨어진다

묵묵히 지켜보던

현역 소좌 한마디 한다

동무네 어디 소속이야?
군인 맞아?

똥별 체면 봐서 가만뒀더니
죽구 싶어?

겨우 꺼냈던 용기
쑥 들어가 버린다

발길에 차인 중년 여자 대자로 뻗고
그사이 자동차는 내리막길 접어든다
주렁주렁 빨간 돈주머니 감아쥐고
군인들 잽싸게 뛰어내린다

자력갱생

허허벌판 공사장
군용차들 줄지어 오고
배낭 하나 달랑 멘 군인들
무더기로 부려놓고 가버린다

자력갱생의 혁명정신
없는 것은 만들어내고
모자라는 것은 찾아내라
지시사항 전달하는 부대장

두세 명씩 조를 짜
한밤중 냉상모 덮은 비닐 박막
마구잡이로 벗겨온다

산기슭 양지쪽
생나무를 찍어 기둥을 세우고
서까래를 얹고
훔친 비닐 씌우고 나뭇가지로 덮으니

송진 냄새 진동하는
임시 막사들 생겨난다

꽃샘추위에 냉상모는 얼어 죽고
농민들 망연자실하고

천막 한 장 없는 악조건 속에
훌륭한 막사를 짓고
물길공사에 이바지한 군인들
노동당에 입당하고

대대장은 포상으로
텔레비전을 받는다

선군의 기수

허리띠 졸라가며 키워낸
영글지 못한 어린 씨앗
사람이 되려고
의무제가 아닌 군에 입대한다

신병대대에서 받은
새 군복 새 신발 새 배낭
제대를 앞둔 고참에게 양보해야 한다는
규칙 아닌 원칙
고스란히 싹쓸이 당하고
낡아빠진 복장으로 단장한다

상관들이 빼돌린 군량미
장마당 쌀장사들 앞에 놓여 있고
봄날의 청춘들 시들시들 말라간다

앞 코숭이를 뚫고 나온 엄지발가락
툭 불거진 광대뼈

움푹 꺼진 눈
흉측하게 솟아오른 어깻죽지
총 한 자루나 건사할는지

그러나 비웃지 마시라
이들이 바로
위대한 선군의 기수들이다

화형

무기고를 지키던 날 밤
수류탄을 허리에 빙 둘러차고
기관단총에 총알 그득히 장탄하고
병실에 뛰어든 어린 병사

분대장을 향해 연발을 발사하고
방관한 소대원들 응징하고
뛰쳐나가는 이들에게 수류탄 투척하고
3년 동안 구타를 당해 온 설움
마침내 폭발한다

전 부대에 전투명령이 하달되고
무장한 군인들 병사를 추격한다

지하 주차장에 숨어든 병사
벽에 딱 붙어선 채
입구로 다가오는 동료들을 향해
한 발 한 발 방아쇠를 당긴다

마지막 한 발까지 남김없이 쏴버린다

농사일밖에 모르던 병사의 부모님
영문도 모른 채 부대에 잡혀온다
전 부대원이 지켜보는 가운데
손수 쌓은 장작더미 위에서
화형을 당한다

참혹한 그 죽음
고스란히 지켜봐야 했던 스무 살 청춘
3,000볼트 전기가 흐르는
기차 빵통 안에서
흔적도 없이 사라진다

비전향장기수

1.
34년 옥살이
죽지 않고 살아 나왔다

고향에 돌아가기 위한
43년의 기나긴 싸움
동행하는 이들이 있어
세상에 소리칠 수 있었다

휠체어를 탄 왜소한 노인
신념과 의지의 화신
당신이 없으면 조국도 없다!
삶의 순간마다 소리 높여 찬양하던 영웅

일반교화소가 아닌
특별교화소를 참관하고
불쑥 튀어나온 한마디

나 같은 사람은 저런 곳에서
3년도 견디지 못했을 거야.

TV 화면에서 사라지고
고향 풍산 산골에서
보위원의 감시 속에
고독한 죽음을 맞는다

유일무이한 선전용 도구
영생하는 불굴의 인간
주검이 되어 다시 등장한다

대성산 애국열사릉에 묻혀
찾아오는 이들에게
노동당 찬양가를 불러준다

2.
이인모 뒤따라 북송된 63명의 장기수

수십 년 감옥살이했다는데
지금까지 살아 있다?
여기 같으면 감방귀신 되고도 남았겠다

온갖 고문과 회유와 협박에도
끝까지 신념과 양심을 지키고
꽃다운 청춘 고스란히 바친 그 정신
칭송받아 마땅하지만

당신들이 목숨 걸고 지킨 그 나라
주는 대로 먹고
시키는 대로 해야 하는
자유의 감옥이라는 사실
미리 알았더라면

고향에서 맘 편히 죽겠다는 일념은
허황된 꿈이었다는 사실

조금만 일찍 알았더라면

나이 60 넘어 처녀장가 들고
아내에게 감시당하는 줄도 모르고
감격의 눈물 흘리는
비전향장기수

맞불

푹신한 솔 이불을 덮은
소나무가 즐비한 8호 제품* 송이밭
누군가 부대기 밭** 일구려다
산불을 냈다

봄철 바쁜 농사일 접고
삽자루 하나씩 둘러메고
농장원들 불 끄러 동원된다

나무 위로 윙윙 날아다니는
시뻘건 불길 널름널름
금방이라도 내 몸을 휘감을 듯

근처엔 범접도 못하고
멀찍이 떨어져 구경만 하는데
얼굴은 발갛게 익어가고

풀썩풀썩 잿가루 속에 묻힌 신발

발바닥을 식히려 뜀박질하다
허둥지둥 도망쳐 내려온다

며칠째 꺼질 줄 모르는 산불
동네 어르신 하는 말

저 산불은 맞불을 놓아야 한다
반대쪽에서 맞불을 놓으면
더 이상 탈 게 없으니 스스로 꺼진다

하지만 그 말 경청하는 이 없다

한 철 벌이가 쏠쏠하던
송이꾼들만 애가 탈 뿐

* 중앙당에 올려보내는 각종 제품
** '불을 댄다(불을 놓는다)'라는 뜻의 '불대기'에서 ㄹ 탈락이 일
어난 말. '화전민'을 뜻하는 말이기도 하다.

드샅 센 아줌마

어디 내놓아도 꿀리지 않을
건장한 아들 군대 보냈는데
영양실조로 쓰러졌다고
빨리 데려가라 연락이 온다

한달음에 달려간 부모님
대성통곡한다

어떻게 키운 아들인데
얼마나 귀한 아들인데
저게 어디 사람의 몰골이냐?
저 지경 되도록 뭘 했냐?

동료들의 등에 업혀
역까지 나왔으나
세월없는 열차
며칠이 걸려 간신히 집에 도착한다

갓난아기 다루듯
온 가족이 달라붙어
지극정성으로 보살펴
본래의 모습을 찾아가고 있던 중

귀신같이 찾아온 중대장
이젠 데려가도 되겠습니까?

다 죽어가는 애 보내 놓고
겨우겨우 살려놨더니
이제 와서 데려가겠다고요?
난 죽어도 못 보내요.

동네가 떠나갈 듯
고래고래 펄펄 뛰는 아줌마
군 기피자로
낙인찍힐 수도 있는 상황이었다

이 드살 센 아낙네
절대 이길 수 없다고 판단했는지
아니면 그 자리 빨리 피하고 싶었는지
감정 제대*로 처리하겠다는 중대장

역시 목소리는 크고 봐야 해.
하마터면 우리 맏아들
두 번 죽일 뻔했잖아.

*   군 복무 중 몸이 아파서 더 이상 군 복무를 할 수 없다고 판단하
면 제대명령 받는다.

제2부

현명하게 사는 법

썩고 병든 자본주의 사회 남조선에는
돈이 없어 학교에 못 가는 아이들이
신문팔이 구두닦이로
거리를 떠돌고 있습니다

집집마다 행복의 웃음이 넘쳐나는
사회주의 지상낙원 우리나라엔
거지가 없습니다

선생님, 장마당에 거지 많습니다.
역전에도 있습니다.

교과서 졸졸 내리읽던 선생님 당황한다

강냉이밥 한 그릇에 감사하고
알사탕 하나에 콩콩 뛰는
장마당 세대의 아이들
교과서의 글줄이 먹히지 않는다

엄마, 그런 말 막 하면 안 되지?

어느새 어린 딸은
이 땅에서 살아남는 방법
스스로 터득하고 있었다

잘했다 장하다

경비꾼 몰래 강냉이 두 개 따서
사탕 바꿔서 동생하고 나눠 먹었다

들어서기 바쁘게 자랑하는 아들 녀석
칭찬해야 하나!
야단을 쳐야 하나!

어둠의 광풍이 나를 돕는 밤이면
농장 밭에 숨어들어
강냉이를 몰래 훔쳐 오고도
애들에겐 절대 비밀

바늘 도둑이 황소 도둑 될까
지지리 엄마 인생 닮을까
그리도 엄하게 타일렀건만

가을이면 오가는 학생들 부추기는
길거리 장사꾼들

강냉이 한 이삭이
과자가 되고 빵이 되는 법 가르친다

팔자를 앞지르다

1.
뒷집 할머니가 들려준 이야기
옛날 찢어지게 가난한 어느 집 며느리
고달픈 시집살이 피해
장대비 억수로 퍼붓던 날
야반도주했다

한 치 앞도 보이지 않는데
저벅저벅…
앞에서 누군가 걸어가는 소리

넌 누구냐?
네 팔자다.

앞서가는 팔자를 무슨 수로 당하랴
며느리 그만 돌아서고 말았다

2.
한 끼 밥을 위해 허우적거리는
한 점 희망도 없는 내 인생
그 며느리 같았다

러시아 건설노동자로 갔다 온
오빠 친구의 귀엣말
북한인은 거지 취급당하고
한국인은 사람대접 받는다

단 하루라도 사람처럼 살아보자
그 며느리처럼 야반도주했다

국경경비대의 총구 앞에서도
쌍심지 켠 공안의 눈길 앞에서도
며느리처럼 포기하지 않았다

그렇게 나는

숙명처럼 여겼던
내 팔자를 앞질렀다

축구 선수

저 집 딸이 축구 선수래요 여자 축구요.
여자애가 사내애들처럼
다리 찍찍 벌리며 공이나 차고 다니고
집에 망조가 들어도 단단히 들었지 뭐예요.

저 집은 요즘 사내아이 같은 딸이
달러 갖다 줘서
그걸로 먹고 산대요.

그 애가 별로 크지도 않은데
영악해서 공은 잘 차는가 봐요.
국제경기도 자주 가고
외국 나갈 때마다 달러를 얼마씩 받는데
그걸 안 쓰고 아껴서 집에 가지고 온대요.

흉보느라 신났던 장마당 아줌마들
배가 아프다

돈 셀 줄만 알면

교실마다
왜 그리 빈자리가 많은지 아시나요?

엄마가 장마당에 간 사이
집이 털릴까 봐!
동생 돌보라고!
땔나무 해오라고!

하지만 이보다 더 큰 이유는 따로 있지요
온갖 외화벌이 과제
겨울엔 장작
봄에는 퇴비도 바치라 하고

무임금 무배급으로
교단 지키는 선생님
대놓고 쌀을 요구하고

이러니 누가 가고 싶고

어느 엄마가 보내고 싶겠어요

노동자 자식은 공장에 가고
농민 자식은 농사꾼이 되고
광부 자식은 막장에 들어가고
대를 이어 충성을 강요당하는데
그까짓 공부는 해서 뭐해요

요새는 장사 잘하는 게 최고
돈 잘 버는 게 최고
소학교만 나오면 돼
돈 셀 줄만 알면 되니까요

사기 방등

앉은뱅이 빈 잉크병
뚜껑에 구멍을 뚫고
무명천을 돌돌 말아 심지를 꽂고
석유를 넣어 방등을 만든다

국가시험을 앞두고 밤새우던 날
졸음을 쫓다 엎지르는 통에
아까운 새 공책만 버리고
허송세월 보내는 전구만 원망했다

고난의 폭풍 연이어 불어와
멈춰선 공장들
진짜 백수가 전구

책장에 번져나가
형체를 알아볼 수 없는 글자
홧김에 던져버리던
싸구려 잉크병도 씨가 말라버렸다

손재간 좋은 할아버지
중국산 맥주캔으로 등잔을 만들었다

돌잡이의 콧바람에
깡통 등잔이 홀랑 넘어가고
보기 흉한 세계지도가 그려진다

에구, 아까운 기름 또 쏟아졌네.
남은 석유도 없는데
저놈의 전기는 언제나 오려는지 원.

문명의 혜택으로
세월 속으로 사라져버린
듬직한 사기 방등*이
그리운 밤이다

* 등잔

재산목록 1호

전쟁의 먹구름이 낮게 드리웠던
1968년 1월

휴일 차 평양에 간 아버지
수매소* 앞을 지나다가
어느 아주머니의 볼멘소리를 듣는다

상표도 떼지 않았는데 고철이라니?

흥정 한마디 없이
헐값에 새 물건을 넘겨받고
한달음에 집으로 달려온 아버지
커가는 자식들 옷 마름질에
울 엄마 노래하던 재봉기다

아니 지금 제정신이요?
당장 피난길 떠나야 할 시국에
내다 버려도 시원치 않을 판국에

이웃들 비웃음이 부러움으로 바뀌고
울고 웃는 엄마와
평생을 함께한 비둘기표 재봉기

낡고 병들어 방구석에 고이 모셨지만
90년대 고난의 행군에도
우리 집 재산목록 1호 자리
내어주지 않았다

◦1968년 1월 미국선박 푸에블로호가 북한에 나포되는 사
건이 있었다.

* 고물상

철부지 아홉 살

외할머니가 차려준 아침밥 먹고
집 앞 들메나무에 올라
매미 잡다 들어왔는데
엄마가 윗방에 누워 있다

엄마 왜 일 안 나갔어?
네가 잘 때 또 발로 차서
배 아파서 못 나갔다.

무슨 에미나가 그리 험하게 자냐고
아침마다 듣던 핀잔
어제는 얼마나 세게 찼기에
엄마가 일을 다 못 나갔을까!

나가 놀지도 못하고 있는데
아아앙 아아앙 아기 울음소리
집안으로 뛰어들어가 보니
엄마 옆에서 꼼지락거리는

벌거숭이 갓난아기

두 살 많은 동네 언니
너네 엄마 애기 가졌지?

듣고도 몰랐던 아홉 살
동생 손 만지며 웃는다

강냉이 두 짐

농촌에 가서
술값으로 받은 강냉이
전날 외상값까지 두 짐

하나로 합치니
뒤통수를 짓누르고
목이 돌아가지 않는다

조일 수 없는 배낭 아구리
어깨 끝에 간신히 걸친 배낭끈
한 치 한 치 고갯길 톺아 오른다

머리에서 이마로 눈으로
등골로 가슴골로
도랑처럼 흘러내리는 땀
목에 걸친 수건 비틀어 짜
쓰라린 눈 문지른다

고갯마루를 넘어서니
닳은 신발 바닥에 붙는 가속도
종아리 힘으로 역부족이다

간신히 집에 다다라
토방에 메쳐지는 배낭

저걸 지고
저 산을 넘어왔단 말이냐!

더 이상 아무 말씀도 없이
깊은 한숨 내쉬던 아버지

고문

젖먹이 동생 앞에 놓인
식기 밑바닥에 깔린 하얀 딸랑밥

엄마 그릇엔
삶아내고 우려내기를 반복한
한여름 독 오른 풀들뿐

아들 그릇엔 그나마
몽글몽글 희끗희끗
강냉이 가루가 보인다

안 되는 줄 알지만
자꾸만 가는 눈길 어쩔 수 없는 듯

네 살 오빠는
엄마 눈치 살피며
동생 밥그릇만 넘겨다 본다

공사장 식모

공사장 한켠에
노동자들 숙소가 다닥다닥 모여 있고
그 뒷골목에 자리한 장사꾼들

빨간 앵두색 입술의 식모아가씨
쏠리는 눈길을 무시한 채
내 앞으로 상큼상큼 다가오더니
귀가에 대고 소곤소곤

쌀 얼마에 가져갈래요?
요즘 많이 오르긴 했는데 얼마에 줄래?
섭섭잖게 줄게요.

식모 처녀를 따라
부엌과 방 사이를 툭 터놓은
추녀 낮은 임시 거처에 들어선다

한쪽 구석에 쌓여 있는 포대 자루들

내 배낭에 하얀 수입쌀 푹푹 퍼 담고
장 봐올 목록 적어준다

려과담배* 한 막대기
이면수 한 손
고춧가루 한 봉지
콩기름 한 병
풋마늘 두 묶음
…
남자들과 똑같이
흙짐을 져야 하는 공사장
식모는 기관책임자의 권한이다

노동자들 밥그릇 조절해
상관에 고급담배도 고이고
특별 반찬도 대접하고
몸도 마음도 아낌없이 바치고
제 주머니도 착착 채우고

누가 뭐래도 요즘 세월

밥주걱 든 식모가 최고다

뇌막이

고열에 떨던
여덟 살 아들이 쓰러졌다

뇌막염입니다.
당장 항생제를 투여하지 않으면
이 아인 죽습니다.
하지만 병원엔 페니실린이 없습니다.

그렇다고 장마당 약을 어떻게 믿습니까?
태연한 의사
제가 장담하는 약이 있습니다.

병원 약국에서
장마당으로 흘러간 진짜 약
의사만이 알 수 있다

장사밑천 탈탈 털어
의사가 소개한 약장수에 주고

페니실린 몽땅 걷어온다

기적처럼 아들이 깨어난다

뇌막이로 소문난 아들
이제 무슨 수로 지켜낼까

갯벌

각지에서 모여든 갯벌투성이들
시간의 흐름도 잊은 채
수렁에서 꿈틀거린다

물 들어온다!
누군가의 외침에
조개가 든 망태기를 끌고
간신히 배에 오른다

비싼 삯을 치르고 얻어 탄 배
300명에 더해질 조개의 무게
미처 계산하지 못한 배꾼

배가 점점 가라앉는다

헤엄 잘 치는 힘센 장정 용케 붙잡고
악착같이 늘어지는 아줌마
떼어내려 발악하는 남자

동동 얼굴들 보일락 말락

아비규환이 따로 없다

지나가던 작은 배 한 척
사람들 몰려올까
멀찍이 떨어져 구경만 한다

한 사람도 안 남기고
모조리 집어삼키는 바다

얼마 후, 체한 바다가
먹은 것을 몽땅 토해낸다

물에 잠긴 갯벌을
여전히 못 떠나는
갯벌투성이들

100일 전투

아들 집에 온 두 노인네
버튼을 잘못 눌러
한여름 방바닥이 뜨근뜨끈
아래층에 불이 났나!
허둥대며 내려가 보니
애들이 모여앉아 공부 중

한때 단편영화 소재로 등장했던
평양의 고급아파트
영하 20도 아래로 떨어진 날씨
온수가 돌지 않는다

침대 위를 둘러막은 비닐하우스
온 가족이 똘똘 뭉쳐
서로의 온기로 체온을 유지하며
추위와의 싸움에 돌입한다

60일 전투

70일 전투
90일 전투

흙갈이 전투
모내기 전투
풀베기 전투
가을걷이 전투

노동당 구호에 걸맞게
누군가 평양의 겨울을
100일 전투라 명명하였다

삶은 배

이제야 6월인데
겨우 밤톨만 한데
아직 이빨도 안 들어가는데

천지사방 입에 넣을 것은
요 작은 열매뿐
굶주린 사람들 과수원에 몰려든다
농장원들 총동원해도 막을 길 없다

예로부터 도둑은 잡지 말고 쫓으랬다
빈손으로 못 간다는 도둑 아닌 도둑들
뼈마디 드러난 아이들 손
경비꾼이 손수 따서 들려 보낸다

빈 뱃속에 배가 들어가니 전쟁이다
이들이 고안해낸 식이요법
삶아 먹으면 설사를 안 한다

그러나 밥을 대신할 순 없는 법
자라다 만 삶은 배 앞에 놓고
오가는 사람들 올려다보는
간절한 눈빛들

장마당 바지

처녀 때 딱 한 번
빤짝지 양복감으로 맞춘 나팔바지
맵시도 나고
입기도 편하고
친구들이 부러워했는데

하나라도 더 뽑아내려고
요리조리 재단해서
이리저리 갖다 붙인
장마당에서 파는 바지

허리춤은 조여 옷핀으로 고정하고
허릿단도 한 번 접었는데
한낮이 되니
훌러덩 벗겨질 판이다

엉덩이 품은 널널하고
결이 안 맞는 두 가랑이는

제멋대로 비틀어지고
사타구니가 끼이는 것 같더니
앉는데 급기야 터지고 만다

앉기를 삼가도
벌써 몇 번이나 꿰맸는지
바늘자리 숭숭하다

우리 마을 뒷산

내 어릴 적 범 나올라
근처도 못 가던 뒷산

산림보호원 눈 피해
걸리면 뇌물 찔러주고
잘려 나간 나무그루터기들
심심찮게 보이더니

초록색 밤송이
다닥다닥 맺힌 밤나무 가지들
뽀얀 물 튕기는 연한 껍질의 하얀 밤
곯은 배 채우기 위해
도끼날에 무참히 찍혀 나간다

배급소 문마저 닫히고
간신히 명맥을 이어가던
드문드문 아담한 소나무들
허연 속살을 드러낸다

삭정이 하나 안 남기고
여기저기 부대기 밭들 생겨나더니
산이란 이름 무색하게
한해살이 풀숲으로 변신한다

제3부

신세계

두만강을 헤엄쳐
북두칠성을 바라보며
길 없는 산을 넘고 넘어
이틀 밤낮으로 걸었다

국경에서 얼마나 멀리 왔을까
참을 수 없는 배고픔
더 이상 발을 옮길 기운도 없다

때마침 나타난 강냉이밭
이 빠진 이삭을 찾아
온 밭을 누벼도
잘 여문 팔뚝 같은 이삭들뿐
덜된 녀석을 찾을 수 없다

맥이 빠져 주저앉았는데
컴컴한 막장에 들어온 듯
이 끝에서 저 끝까지

풀 한 포기 없다

손으로 만져보니
밭고랑에 비닐이 덮여 있다

김맬 일도 없고
가뭄도 막아주겠고
밤의 찬 기운도 맥을 못 추겠고

세상에나!
농사도 이렇게 지으면
신선놀음이겠다!

풋강냉이는 못 찾고
밭고랑에 주저앉아
매끈거리는 비닐만 더듬는다

선교사

1.
중국에서 한국인 선교사를 처음 만났을 때
문득 떠오르는 그림 하나

사과나무에 묶여 있는
축 늘어진 아이
이마에 '도적'이라 씌어 있다

왼손엔 청강수 깡통
오른손엔 붓을 들고
흉물스럽게 웃는 미국인 선교사
그 옆엔 사냥개가 버티고 앉았다

내 머릿속에 또렷이 저장된
'승냥이'라는 제목의
인민학교 교과서의 이 그림
떨어진 사과 하나 주었다가
셰퍼드 공격받고 도둑으로 몰린 소년

원수가 오른뺨을 때리면 왼뺨을 내대라
선교사의 이 말에는
우리 민족의 계급의식을 마비시키려는
미제의 침략 의도가 숨어 있다
선교사는 미제의 앞잡이다

병원을 차려놓고
가난한 사람을 치료하는 척
피를 뽑고 실험 대상으로 삼는다
미제는 우리와 한 하늘을 이고 살 수 없는
철천지원수다

상냥한 웃음 속에 무엇을 숨기고 있을까?
우리를 안기부에 넘기는 건 아닐까?

2.
선교사가 아들에게 묻는다
제일 맛있는 음식이 뭐야?

복숭아요.
복숭아보다 더 맛있는 거.
복숭아가 제일 맛있어요.

아드님이 복숭아를 엄청 좋아하네.
난생처음 먹어봤으니
그 맛을 잊을 수 없나 봐요.

열세 번째 생일을 맞는 아들
전날부터 부산을 피우던 선교사
복숭아가 막물이라 겨우 구했다고 한다

케이크, 복숭아, 바나나, 포도, 빵, 과자…
잔뜩 올린 생일상

아들은 예쁜 뿔 모자를 쓰고
볼펜심 같은 촛불이 춤추는 모습
마냥 바라보고

선교사가 생일 축하 노래 불러준다

숨어지내는 작은 공간에
폭죽이 팡팡 터지고
화들짝 놀라 아들을 부둥켜안는데
조막만 한 카메라 들고
셔터를 눌러대는 선교사
함박웃음이 떠날 줄 모른다

승냥이의 얼굴에
천사의 미소가 포개진다

청바지

평양에 온
전대협 대표의 모습에서
자유세계를 엿본

청바지에 흰 티를 입고
북송된 여자

보위부 요원들의 표적이 되었다

무쇠 가위에
갈가리 찢겨 나간 청바지

여자는 피 나는 손으로
한 땀 한 땀
질긴 천을 이어 붙인다

한 모금 물 손바닥에 담아
푸른색을 물들인 빨간 피
닦고 또 닦는다

이밥에 고깃국

인민은 단 한 번도
이밥에 고깃국 달라 한 적 없다
주는 대로 먹고
하라는 대로 했다

사명 끝난 사회주의 붙들고
이밥에 고깃국 주겠다?
이웃들은 먹기 싫어 마는데
70년째 앵무새처럼 반복한다

공기밥

평양에서 군 복무하는 아들
평양처녀에게 장가드는 날
결혼식에 간 촌 아낙네

사돈집에 사흘 머무는 동안
배고파 죽는 줄 알았다네

작은 공기에 담아주는 입쌀밥
간장이 달달하니
반찬도 꿀맛이고
열 개라도 먹을 수 있는데

안 먹고 아껴온 쌀
한 짐 가득 지고 가서
밥 더 달라는 말도 못하고
촐촐 굶다 왔다네

샛노란 강냉이밥

무둑무둑 한 사발 먹어야
반나절 버틸 수 있는 농촌 아낙네
두 번 다시 평양 안 간다네

사투

급전이 필요한 어느 집에서 강냉이 10킬로를 내놓았다. 잡동사니 팔러 다니는 할머니 4천 원 없다고 사정하자 고지식한 성품 믿고 외상에 강냉이를 넘겼다. 산 넘어 장에 내다 팔면 강냉이 1킬로는 벌 수 있는 흔치 않은 기회다. 환갑을 앞둔 할머니가 산어귀에 들어서서 잠시 숨을 돌리는데 옆 동네 총각이 불쑥 나타난다. 애티를 벗지 못한 총각은 제 딴에도 남자라고 할머니 배낭을 뺏어 어깨에 걸머진다. 할머니는 잡동사니 배낭을 뒤적여 사탕을 찾아 총각 입에 넣어준다.

작은 체구에 어디서 힘이 솟는지 저만치 달아나는 총각, 헐레벌떡 쫓아가며 내려놓고 가라고 하는 할머니. 고갯마루에서 나란히 앉아 잠시 땀을 들인다. 갑자기 총각이 할머니 목에 칼을 들이댄다. "이 강냉이 나 가진다?" 겁먹게 질린 할머니 입술이 늦둥이보다 어린 총각에게 사정한다. "강냉이는 못 줘. 내 거 아니야. 팔아서 내일 돈 갖다 줘야 해. 대신 담배랑 라이터랑 껌이랑 여기 있는 거 다 가져. 이거 다 팔면 천원은 넘을 거야."

"싫어. 강냉이 줘." 강냉이 배낭을 필사적으로 그러안는 할머니. 배낭을 가운데 놓고 사투가 벌어진다. 급기야 총각이 할머니 목을 쓰윽 그어버린다.

한 달 후, 강냉이 10킬로에 목숨 건 총각이 잡혔다. 솜털이 가시지 않은 열아홉 애송이다. 호송원에 이끌려 현장에 당도한 총각이 묵묵히 그날을 재현한다. 분노한 사람들 살인자에 돌을 던진다. "애비 에민 도대체 어떻게 생겨 먹었는지. 저런 놈두 새끼라구 나서 길렀나!"

피지도 못하고 형장의 이슬로 사라질 운명이여!
진정 너를 낳아 고이 키운 부모가 죄인인가?
가냘픈 네 손에 피를 묻히게 한 자는 과연 누구인가?

전주 이씨

중학교 조선역사시간
이성계는 고려의 왕좌를 강탈했다
이성계는 매국노이고 배반자다
이씨 왕조는 나라를 말아먹은
봉건통치 국가이다

아버지는 자랑스럽게 말씀하셨다
우리 농장 400여 호 중
전주 이씨는
장달구지 영감네와 우리 집뿐이다
전주 이씨는
500년 역사를 가진 왕족이다

문득 어느 날
내 짝꿍 영복이 하는 말
난 광주 이씨야.
넌?
몰라!

나도 광주 이씨였으면
아니 김씨였으면…

아파트에 사는 돼지

수세식 변기 하나 달랑 놓인
비좁은 화장실
술장사 주인 손에
모주만 먹고 사는 돼지

싸는 족족 걷어내고 씻어내도
고약한 돼지똥 냄새
온 아파트에 퍼진다

마당이자 길이고
길이자 문 앞인
길 건너 앞산의 다닥다닥 하모니카 집
부러울 만도 하지만

땅속 철창에 가두지 못할 바엔
그 역시 창문 앞이 돼지우리라
앞발 든 돼지와 입 맞추기 십상이다

뭐니 뭐니 해도
목돈 될 돼지는
도둑들로부터 안전한
아파트가 제격이다

엄마의 소녀 시절

부모님이 행상 길 떠나면
종일 동생 보며 지치긴 했어도
뻥튀기에 물엿을 버무린
고소하고 달달한 강정을 먹을 수 있었다

부모님이 논밭에 일하러 가면
동생 업고 친구 집에 놀러 다녀도
흰쌀에 좁쌀이 다문다문 박힌
맛있는 밥이 기다리곤 했다

강냉이밥 한 그릇
게 눈 감추듯 먹어 치우는
커가는 자식들 바라보며
엄마는 가만가만 소녀 시절 떠올린다

손가락만 빨아대는 손자
간식거리 하나 없는 신세 한탄하며
왜정 때도 이보단 나았다고

엄마는 가만가만 이야기한다

부모님이 애써 마련한 논 한 마지기
토지개혁으로 날아가고
내일의 꿈도 날아갔다고

나아지길 바라며
악착같이 살았는데
점점 더 어려워지는 세상
저 어린것들 데리고 어떻게 살아가랴

엄마의 주름
나날이 깊어진다

강성대국의 징표

단오가 한참 지나
독이 오를 대로 오른 쑥
몇 번을 삶아내고 우려내도
소태처럼 쓰다

강냉이 가루 한 줌 얼버무려
온 가족이 봄내 여름내 먹으니
쑥 독이 온몸에 퍼져
열에 떠서 앓던 딸

티 하나 없던
스무 살 처녀의 고운 얼굴에
손바닥으로 가릴 수 없는
거멓고 우둘투둘한
커다란 흉터가 생겼다

설날

새해 첫날 잘 먹어야
일 년 열두 달 배 안 곯는다
설날에 만두를 먹어야
만 가지 소원이 이루어진다
어머니의 오랜 신조

넙적한 국사발에
동동 떠다니는 돼지고기
김치와 두부를 볶아 넣은 만두
명절에만 먹는 흰쌀밥

상다리가 가벼운 진수성찬은
손꼽아 기다린
설날의 보답이었다

맞은편 집

아내가 자살했다
남편은 군부대 상급 군관
권력을 주무르는 간부 부장

맞은편 집 아이들은
한두 끼 건너뛰는 일 다반산데

군인가족 예술공연 선발에서
제외된 불명예를 안고
중학생 아들딸 남겨둔 채
독극물을 들이켰다

누구는 천연색 텔레비전이나 받을까
고대한다는데
냉장고까지 갖춰놓고 살면서
걱정거리 없으니 심심했나 보다
수군대는 군관 댁네들

죽은 사람의 속사정은 알 길 없지만
공화국에서 자살은 배신행위다
배신자의 집안은 사회적으로
영영 매장되는 법

하지만 모든 건 권력의 펜대 놀음
급사로 탈바꿈하고
간부 부장은 처녀 장가든다

평양 아리랑

그 누구도 절대 흉내 낼 수 없는
체조와 예술이 결합된
10만 명이 참가하는 대집단체조

줄 맞추는 것조차 어려운
대여섯 살 꼬마들
수백 명이 줄넘기를 하며
한 몸처럼 움직인다

강도 높은 훈련
한 치의 오차도 없어야 한다
귀싸대기 맞고
지시봉에 얻어터지고

충성심의 척도에 금이 갈까
기계처럼 움직이는 학생들

수시로 바뀌는 배경대

힘에 부치는 커다란 카드
순서대로 들었다 놨다
작은 실수도 용납되지 않는다

뇌출혈로 쓰러진 중학생
카드를 든 채 그대로 굳어졌다
끝까지 그 자리를 지켰다?
소년영웅 칭호를 받는다

유네스코에 등재되는 기염을 토하고
외국인 관광객에
고가에 판매되는 아리랑 관람권

10만 명이 혹사당한 대가는
아리랑 텔레비전 한 대씩
장군님의 선물은
대대로 전해갈 집안의 가보

웬만한 간부도 탐내는
천연색 텔레비전
뒷골목에서 빠르게 거래된다

효도

고향을 떠나던 날
감시카메라보다 더 무서운 사방의 눈초리
누구의 배웅도 받을 수 없었건만
엄마만은 나오셨습니다

떠나겠다고 말씀드렸을 때
담담히 듣고만 계시더니
자동차 타는 것만 본다고
굳이 우기셨습니다

간간이 나타나는 자동차
여행 가는 줄 알고 신나서 떠드는
애들만 물끄러미 지켜볼 뿐
서로가 할 말을 찾지 못했습니다

그러던 엄마가 먼저 말했습니다
어디서든 열심히 잘 살아라
네가 등 따습고 배부르면

난 더 바랄 게 없다.

몸집보다 더 큰 배낭을 지고 다니며
간신히 살아내는 딸
늘 애처로이 여기셨기에

엄마 더는 걱정 안 하시게
거기 가서 잘 살면 되는 거야
내 마음 애써 외면했습니다

그러는 사이 앞에 선 자동차
우르르 몰려가는 사람들 속에
헤덤비며 적재함에 올라
그제야 엄마를 봤습니다

엄마가 펑펑 울고 계셨습니다
두 손을 번갈아
연신 눈물을 훔치고 계셨습니다

왈칵, 눈앞이 흐려졌습니다
벌떡 일어서는 나를
누군가 황급히 붙잡았습니다

한 손으론 눈물을 닦으시고
한 손으로 손 저어 주는 엄마의 모습
굽이돌이로 사라졌습니다

내 앞엔 여전히
그날의 엄마가 서 계십니다

소매로 연신 눈물을 닦으시며
가장 아픈 손가락 못난 딸자식
처음이자 마지막 효도하러 가는 길
여전히 배웅하고 계십니다

아버지의 유언장

아버지가 돌아가신 후 어머니가 차곡차곡 접은 누런 종이 한 장을 오빠에게 내민다.

네 아버지가 목소리도 안 나오고 마지막엔 말도 못하게 되니까 이걸 남기셨다.

맏아들 보아라.

내 평생 너희들 배부르게 먹이고 걱정 없이 잘살게 될 날을 꿈꾸며 살았건만 점점 더 삭막해가는 이 세상이 한스럽구나. 이리 살아도 한세상, 저리 살아도 한세상인데 이 각박한 세상에 태어나게 해서 미안한 마음뿐이다. 너희들이 서로 돕고 의지하며 잘 살아낸다면 더 바랄 게 없다.

이제부터 맏이 네가 집안의 기둥이다. 집안의 모든 일을 책임지고 잘 헤쳐 나가길 믿는다. 동생들의 말을 흘려듣지 말고 형제간의 의를 중히 여겨라. 돈 없이는 살아도 의 없이는 못 사느니라. 동생들도 맏이의 말을 잘 따르고 무슨 일이든 함께 의논하고 해결해나가면

좋을 것 같구나.

어련히 알아서 잘하겠지만, 아무리 먹구 살기 힘들어두 장혁이(맏손자)만큼은 꼭 대학 공부 시켜라. 배워야 힘이 생기구 앞이 보인다는 걸 명심하길 바란다.

내 나이 60에 겨우 철들 만하니 이리 가게 되는구나. 이 아비 때문에 속이 문드러진 네 어미 내 몫까지 오래 살도록 잘해 드리렴.

안에서 밖에서, 왼쪽에서 오른쪽에서 목을 조여 오는 암 덩어리보다 험난한 세상에 태어나게 한 죄가 더 고통스러웠던 국민학교 중퇴생인 내 아버지, 마지막 힘을 모아 연필로 삐뚤삐뚤 써 내려간 유례없는 유언장이었다.

개울 하나 사이

1.
두만강으로 향한 길
도강을 막기 위한 간이 초소
어설픈 나무 차단봉이 내려져 있다

부대기 밭 김매러 가는지
산나물 뜯으러 가는지
땔나무 하러 가는지
차단봉 옆 초소막 앞을
수시로 오고 가는 사람들

작은 초소막 안에
사람이 있는지 없는지
감히 기웃거리지도 못하고

브로커의 지시대로
낫자루 하나 들고
읍내 사람인 양

슬렁슬렁 통과한다

2.
큰 개울이 보이고
건너편 산들은 녹색으로 뒤덮였다

이쪽은 산꼭대기까지 파먹었는데
저쪽 산은 왜 저렇게 나무가 많아요?
무슨 특별구역인가요?

저기가 중국이오.

네? 그럼 저 개울이 두만강?
가슴이 떨리고 오금이 저려오는데

대수롭지도 않은 듯
여자는 대꾸도 안 한다

제4부

반갑습니다

직장동료들과 처음 간 노래방
마이크를 넘겨주는데
아는 노래가 없다

거 있잖아, 반갑습니다.

노래방 기계에서
북한 노래가 울려퍼진다
춤까지 덩실덩실
모두가 어울려 함께 부른다

눈앞에 펼쳐진 이 광경
뒤이어 휘휘 호호 휘파람 노래까지

몰래몰래 흥얼거리던
홍도야 울지 마라
뜻도 모르고
사랑의 애절함에 푹 빠졌으나

들키면 수용소로 직행이다

반갑습니다!
반갑습니다!

노래 하나로 느끼는 이 감격
노래 하나로 느끼는 이 자유

감자탕

입안에서 살살 녹는
달콤한 살코기
육수에 푹 고아진
흐물흐물 시래기의 구수함

시래기가 원래 이렇게 맛있었나!

기름 한 방울 없이
된장 한 술, 소금 한 술로 간을 맞춘
뻣뻣하고 씁쓸한 시래기국
코를 자극하는 특유의 냄새
기억도 생생한 시래기 맛

양념처럼 들어간 감자
그런데 명칭은 감자탕이라!
그 이름도 푸근하다

서로 다른 성질의 재료들 어울려

최고의 맛을 자랑하니

남북한도 하나가 되면
누구도 흉내 낼 수 없는
훌륭한 작품이 탄생할 텐데…

진실

6.25가 되면
어김없이 열리는 웅변대회

모두가 잠든 일요일 새벽
미제 침략자들은
남조선 괴뢰도당을 앞세우고
우리나라를 침공했다

미제를 몰아내고 조국을 통일하자!
주먹을 흔들며 침략자를 규탄했다

그런데 남한에 오니 남침이라네!

어려서부터 품었던 한 가지 의문
해방을 맞은 지 5년밖에 안 됐는데
탱크와 비행기는 어디서 났을까?

탈북 후에야 비로소 든 의문

먼저 쳤다는 놈이
왜 먼저 자빠졌을까?

이에 대한 답을 찾았으니
진실은 바로 내 머리에 있었다

통장

1.
군 소재지에서 하나 있는
조선중앙은행
그 앞을 수십 번 지나다녀도
드나드는 사람을 볼 수 없었다

딱 굶어 죽지 않을 만큼의
배급과 월급
사유재산을 허락하지 않는 세상

그마저도 끊기고
장마당이 생겨나고
장사꾼들 수입이 늘어나도
모두 품에 지니고 산다

2.
조심조심 은행 문을 열고
주춤주춤 창구로 다가간다

어떻게 오셨어요?
급여 통장 하나 만들려고요.

내 이름 석 자가 적힌
내 통장이 생겼다
찍힌 숫자는 20,000원

통장이 뭔지
예금이 뭔지

불룩하면 웃고
납작하면 울어야 했던
나의 빨간 돈주머니

매달 들어 올 월급
차곡차곡 쌓여 갈 나의 미래
난생처음
내 삶을 스스로 설계해본다

외래어

다이어트는 식단 조절
즉 살을 뺀다는 뜻이라네

불룩 나온 배는 부유함의 상징
삐쩍 마른 사람들 천지인 북쪽엔
이런 말 생겨날 리 없지

디저트는 식후의 간식
쌀밥 먹으면 됐지
과일이나 과자를 또 먹는다?

엘리베이터
아르바이트

터미널
터널

카드
카트

카센터
카세트

이 말이 저 말 같고
저 말이 이 말 같고

햄버거 가게에 들어가
홈에버 달라고 말했다가
온몸에 쏟아지는 눈길에 당황한다

외운다고 외워지지도 않고
선뜻 물어볼 용기도 없는
두렵기만 한 외래어

빨갱이가 뭐야

반 친구와 말싸움 중
뜬금없는 빨갱이란 말에
말문이 막혔다고

하늘을 나는 새는 아닐 테고
붉은 수탉인가!
빨간 물고기인가!
숨어 사는 쥐!

마땅한 답을 찾지 못했다는
초등생 딸아이
커진 내 동공 빤히 올려다본다

첫 출근하던 날
내 머리에 뿔이 있나 봤다는
직장동료의 우스갯소리

세대에 세대를 내려오는 사이

바래질 만도 한데

탈북민에 찍힌 빨간 낙인
언제쯤 사라질까

엄마 옷

오일장 구경 갔더니
옷걸이에 걸려있는
빨갛고 노랗고 파란 꽃무늬 옷가지들
내 발길을 붙잡는다

어머님 연세가 어떻게 되세요?
하나 사드리면 좋아하실 텐데…

제가 입으려고 하는데요?
혹시 조선족?
아니요!

말을 계속하면 내 무지가 들통날 듯
얼른 그 자리를 피한다

남한에서는 나이가 들어갈수록
밝고 화려한 색상을 선호한다는 것
몇 달 지나서 알게 되었다

지금도 할머니들 옷 보면
그냥 지나치지 못한다
도톰한 꽃을 수놓은 스웨터
하르르 떨어지는 카디건
나풀나풀 머플러
폭신하고 맵시 나는 신발

평생 시커먼 작업복에 절은 우리 엄마
언제면 곱게 단장시켜 드릴까

여권

중국에 일가친척이 있다면
외사과에 뇌물을 주고라도
여권을 만들 수 있다

99.99%의 국민은 여권의 존재도 모른다

얼음지치기 한 번이면 갈 수 있는 중국
궁금증만 증폭하던 강 건너 땅

사회질서가 무너진 틈 타
도강이 일상이 돼버리고
외국물을 먹어보니
내가 먹는 물이
얼마나 더러운지 깨달았다

대한민국 국민이 됐어도
외국에 나갈 일 없어
여권 구경 못하고 있는데

누군가 알려준 덕에
일부러 여권을 발급받았다

평양 통행증처럼
시뻘건 줄도
국경 지역 여행증명서처럼
시퍼런 줄도 없다

신분을 확인해줄 한갓 증명서일 뿐
신청만 하면 바로 나오는
아무것도 아닌
이 물건을 만나기까지
40년 넘게 걸렸다

무료교육 의무교육

사회주의 북한에만 있는
제도인 줄 알았는데

남한에도 무료교육 의무교육
심지어 학교에서 점심밥도 준다

여기는 미성년자 노동
법적으로 제한한다는데

북한의 학생들
바쁜 농사철에 집단으로 끌고 나가
무보수로 농사일 시키고
외화벌이 과제 내려 먹이고
공짜의 대가 톡톡히 받아낸다

한 달 넘게 밀린 수업
음악이나 미술 교과서는
처음 몇 장 넘기다 말고

이공계 과목들마저
마지막 장을 넘겨본 적 없다

특권계층만을 위한 세상
순진한 백성들 부려 먹기 위해
적당히 가르치는
무료교육 의무교육

핫팩

평창의 밤하늘을 수놓는
자유의 메시지

외마디 탄성이 새어 나갈라
꼭 다문 입술
박수도 허투루 칠 수 없다

북한 응원단이 일어난 자리
옥죄인 매듭 그대로인
하얀 주머니
관중석 자리마다 놓인 핫팩

가만히 손에 대기만 해도
따끈따끈 열기를 뿜어내고
얼어든 몸 녹여주며
작은 행복을 안겨주는데

흰 눈 수북이 쌓인 2월의 밤

핫팩을 옆에 두고
아려오는 손가락
감각을 잃어가는 발가락
고스란히 감내하는 응원단원들

호기심 가득한 눈빛들
얼마나 만져보고 싶었을까!

하지만 그녀들 손은
자유를 결박당했다

전역 명령

국군포로들 끌려간 곳
북방의 끝자락 아오지탄광
끝 간 데 없는 오소리 굴
영혼마저 묻혀버린다

고향 보내 달라 항의하다
그 자리에서 총살당한 동료들

살아남아야만 고향에 갈 수 있다
이 일념 하나로 버텨온 세월
자녀도 낳고 가족이 생겼어도
감시는 벗어날 수 없었다

고난의 바람을 틈타
목숨 걸고 두만강 헤엄쳐
끝끝내 고향 땅을 밟은 백발의 병사
50여 년 만에 전역 명령 받는다

병에 걸려 죽고
굴속에 묻혀 죽고
눈도 못 감은 전우들 생각
거수경례하는
펴지지 않는 손마디
세차게 떨린다

아이언 마스크

장사꾼들 치마폭 돌고 돌아
우리 집까지 온 아이언 마스크
온 마을이 잠든 한밤중
대문 걸어 잠그고 녹화기를 돌려본다

굶주린 백성을 외면하고
전쟁만 일삼고
향락에 빠져 사는 왕

철 가면을 쓴 채
34년을 지하 감옥에 갇혀 있는
쌍둥이 왕자

왕을 바꾸자!
위험천만한 계략 세우는 삼총사
손을 맞잡고 구호를 외친다

하나는 모두를 위하여!

모두는 하나를 위하여!

낯설고도 낯익은 이 구호

하나는 전체를 위하여!
전체는 하나를 위하여!

소년단창립대회 연설문
인민학교 때부터
귀에 박히도록 듣고 줄줄 외웠다

사회주의 우리나라에만 있는
위대한 구호인 줄 알았는데

방망이로 한 대 얻어맞은 듯
머리가 띵하다

미역국

에미나가 미역국 안 먹으면
이담에 애 낳고 뭘 먹을꼬…

집 앞 도랑의 미끌미끌 미꾸라지
징그러운 그 손맛
그대로 뇌리에 꽂혔는지

씹을 때마다 혓바닥을 자극하는
뻣뻣한 느낌이 싫었던 건지
외할머니의 지청구만 생각난다

바닷가에서 멀리 떨어진 내 고향
미역은 귀한 식재료였다

내가 출산했을 때
산모 미역 구할 길 없었던 친정엄마

모래를 잔뜩 머금은

누렇고 두꺼운 돌미역
시루에 쪄내고 말리는 세월의 지혜로
부들부들한 미역국 끓여주셨다

내가 미역국을 먹기 시작한 것은
아마도 그때부터였던 것 같다

배가 살살 아플 때마다
뜨끈한 미역국 한 그릇 먹으면
아픔이 씻은 듯 가신다던 울 어머니

이토록 좋아하시는 미역국
매일매일 끓여드릴 수 있는데

오늘도 미역국 앞에 놓고
어머니 생각한다

선택적 함구증

1.
집에서는 왕처럼 군림하고
문밖을 나서면 불안에 떨고
상대와 마주서기 꺼리고
구석에서 맴돈다

낯가림이 심해서
부끄러워서
두려워서
입이 떨어지지 않는다

2.
말실수할까 봐
비판 무대에 서게 될까 봐
누군가 보위부에 일러바칠까 봐

나 하나 때문에

온 가족이 수용소로 끌려갈까 봐
입을 함부로 놀리지 못한다

드라마 천국

1.
오래간만에 온 전깃불
서둘러 문을 닫아걸고
창문도 빈틈없이 가리고
배불뚝이 TV 앞에 앉는다

정일봉의 우렛소리
노랫가락이 뚝 끊어지고
녹화기가 돌아가고
남조선 드라마가 나온다

낯선 억양은 귓가를 지나가고
대낮처럼 환한 도로
줄지어 달리는 자동차들

현관문이 열리고
푹신한 소파
납작한 TV

주인을 맞는 널따란 침대

부엌 아닌 주방
버튼 하나로
시퍼런 가스 불이 너울거리고
한 상 가득한 식탁
눈을 붙잡고 놓지 않는다

2.
땀에 절고 눈물에 젖은
강냉이죽 한 그릇
달빛 번뜩이는 시커먼 두만강에
미련 없이 버린다

귀뿌리를 스치는 총탄
왝왝 고아대며 쫓아오는 공안
입술이 하얗게 부르튼 젖먹이를

몽골사막에 묻고
대한민국을 찾아왔다

인력사무소
안경 너머의 가는 눈
아래위로 흝어낸다

하루 일당 가슴에 품고
뿌연 달을 올려다보며
임대아파트에 들어선다

잔을 넘은 알코올
차디찬 방바닥 하염없이 적신다

우리 동네 슈퍼맨

퇴근해야 하는데
가게 문이 안 닫힌다
전문 업체에 전화하니
내일이나 올 수 있다네

어찌할 바를 몰라 쩔쩔매는데
지나가던 오토바이 멈춘다
배달 요청했을 때
몇 번 오셨던 기사 아저씨

공구 주머니 열고
드라이버 하나 꺼내더니
풀린 나사 이리저리 조여준다
또 이렇게 될 경우
반대로 돌려주면 된다며
친절한 설명까지 곁들인다

겨우 안면이나 익힌 정도인데
슈퍼맨으로 변신한 배달 기사 아저씨

경계선

가게 앞은 2차선 도로
가게 뒤는 100평 남짓 텃밭

앞문 열면
폭염에 달아오른 열기 확확
숨이 턱턱 막힌다

뒷문 열면
옥수수 잎사귀 춤추는 소리
옷깃을 파고든다

가게 면적에 비교할 수 없는
남과 북의 한 줄 경계선

두 정상이 한 발씩 넘어갔다 넘어오듯
언제면 그 선 너머에
자유롭게 오고갈 수 있을까!

시적 재현의 역사성과 경계인의 존재 증명
– 이명애의 시

휘민
(시인)

시적 재현의 역사성과 경계인의 존재 증명
- 이명애의 시

휘민 시인

> 자본의 건물, 살인 벌의 꿀벌통, 소수를 위한 꿀.
> 그는 그곳에서 복무했다. 그러나 어두운 터널에서 날개를 펴고
> 아무도 보지 않을 때 날았다. 그는 삶을 다시 살아야만 했다.
> - 토마스 트란스트뢰메르, 「경구(警句)」

    2005년 8월, 사회주의 체제하에서 사십 년을 살아온 한 여성이 두 아이와 함께 "그 땅에서의 삶을 끝장내고 탈북을 감행하였다. 철저한 세뇌 교육의 '수혜자'로서 북한을 탈출한다는 것은 죽음을 각오하지 않고서는 결단을 내릴 수 없는 일"(「자유」, 『연장전』)이었으나 그녀는 주저하지 않았다. 그런 그녀가 2017년 대한민국의 시인이 되었다. 그리고 2020년 이명애라는 이름으로 첫 시집 『연장전』(등대지기)을 펴냈다. 피를 토하는 심정으로 써내려 갔을 한 편 한 편의 시들은 시집 속에서 최소한 두 겹의 현재를 그려내고 있었다. 하나는 기억의 현상학으로 재생한 북한의 현재이고, 다른 하나는 탈북민으로 살아가는 남한

에서의 현재다. 이로써 시인은 이미 지나왔다고 해서 북한에서의 삶이 단순히 과거로 치부될 수는 없다는 사실을 명백히 보여주었다. 하이데거의 말처럼 현재의 우리 존재는 존재와 존재의 의미에 대해 물음을 제기할 수 있는 역량을 통해 구성되는 것이기 때문이다.

그러므로 이명애 시인이 던지는 질문들은 지금 이 순간에도 여전히 유효하다. 공산주의를 표방했지만 독재자를 위한 '살인 벌의 꿀벌통'으로 전락한 사회, 다수의 인민이 아닌 '소수의 공산당원을 위한 꿀'을 위해 복무하도록 강요하는 체제가 존재하는 한 진실을 증언하는 그녀의 펜은 멈추지 않을 것이다. 어쩌면 탈북 이후 시인이 선택한 '자본주의적 삶'은 첫 시집의 제목이었던 '연장전'에서 끝나지 않고 어느 날 시인에게 드살 센 운명의 이름으로 피 말리는 승부차기를 요구할지도 모른다. 그러나 시인은 알고 있다. 또 다른 전장(戰場)이 되어버린 생업의 현장에서도 기어이 시를 쓸 수밖에 없는 이 고단한 기투가 시인으로서 자신을 살아 있게 하는 뼈아픈 존재 증명임을. 허울에 가려진 북한의 진면모를 보여주는 가장 치열한 증언의 방식이 다름 아닌 시임을.

탈향과 이산의 서사

인간은 태어나는 순간부터 수많은 장소들과 만난다. 그리고 자기만의 장소들을 소유하며 살아간다. 이때 인간이 거주하고 있는 장소로서의 생활세계는 현존재의 구성 요

소이자 터전이 된다. 그러므로 한 인간이 거주하는 장소
는 그가 태어나고 성장해 온 경험세계의 누적된 총체이자
그의 정체성을 확립시켜온 근본적 토대라고 할 수 있다.
하이데거는 "고향(Heimat)을 존재의 근저, 근원에 가까
운 곳"으로 보았다. 이러한 개념은 "물리적 실재라기보다
이데아적인 것으로, 지리적 고향이 아니라 인간이 인간답
게 사유하며 체류할 수 있는 사유와 삶의 영역, 거점을 의
미한다."* 그런 의미에서 스스로 고향이라는 익숙한 세계
를 벗어나는 행위인 탈향(脫鄕)은 현존재에게 자못 의미심
장한 사건일 수밖에 없다. 그것은 정겹고 낯익은 세계를
뒤로한 채 자신을 낯선 곳에 위치시키는 인식의 모험이
자, 지금까지 영위해온 익숙한 삶에 대해 "한 막의 신화적
고별"**을 고하는 사건이기 때문이다.

　첫 시집과 달리 이번 시집에서 눈에 띄는 변화는 두 가
지다. 이전과 달리 부모님과 고향에 대한 시들, 그리고
탈북과 이후 남한에서의 정착 과정을 담아낸 작품이 많
아졌다는 점이다. 이 같은 변화는 이명애 시인의 두 번째
시집 『계곡의 찬 기운 뼛속으로 스며들 때』를 이산(離散)
의 아픔과 경계인으로서의 서사를 그린 디아스포라 문학
의 관점에서 읽도록 이끌어준다. 한국전쟁으로 인한 70

---

* 　윤병렬, 「하이데거의 존재사유에서 고향상실과 귀향의 의미」,
『현대유럽철학연구』 제16집, 한국하이데거학회, 2007, 63~64쪽.
** 　울리히 호이서만, 『횔덜린』, 장영태 옮김, 행림출판사, 1980,
17쪽.

여 년간의 분단과 이산, 그러나 한반도를 둘러싼 정치적 이슈들은 여전히 복잡하고 세계 유일의 분단국가라는 정체성 또한 변하지 않고 있다. 그 속에서 북한에 가족을 두고 온 탈북민들은 오늘도 디아스포라의 비극을 온몸으로 감내하며 살아가고 있다. 자유를 위해, 인간다운 삶을 위해 남한을 선택했지만 그들이 여전히 경계인으로 살아갈 수밖에 없는 까닭이 여기 있다. 부침이 잦은 낯선 곳에서의 신산한 삶, 그 뿌리가 그들이 두고 온 북한에 있기 때문이다. 그러므로 북한이 인간이 살 수 없는 생지옥이 아니라 고향으로 호명되는 순간, 그곳은 이데올로기 이전에 존재하는 시원적 장소가 된다. 그런 이유로 이명애 시인의 시에는 탈향과 이산이라는 두 층위의 서사가 공존할 수밖에 없다. 「이탈자」를 이 시집의 첫 시로, 「경계선」을 마지막 시로 선택한 이유도 이와 무관하지 않을 것이다.

한 끼 밥을 위해 허우적거리는/한 점 희망도 없는 내 인생/그 며느리 같았다//러시아 건설노동자로 갔다 온/오빠 친구의 귀엣말/북한인은 거지 취급당하고/한국인은 사람대접 받는다//단 하루라도 사람처럼 살아보자/그 며느리처럼 야반도주했다//국경경비대의 총구 앞에서도/쌍심지 켠 공안의 눈길 앞에서도/며느리처럼 포기하지 않았다//그렇게 나는/숙명처럼 여겼던/내 팔자를 앞질렀다

— 「팔자를 앞지르다」 부분

두만강을 헤엄쳐/북두칠성을 바라보며/길 없는 산을 넘
고 넘어/이틀 밤낮으로 걸었다//국경에서 얼마나 멀리 왔을
까/참을 수 없는 배고픔/더 이상 발을 옮길 기운도 없다

- 「신세계」 부분

1994년 김일성 사망 이후 북한은 국제사회로부터의 고
립, 계속되는 경제난과 기아 문제로 체제 붕괴의 위협을
느껴왔다. 굶주림 앞에서 북한 사회의 내부는 요동칠 수
밖에 없었다. 이에 김정일은 당면한 난관을 극복하고 북
한 주민들의 이탈을 막기 위해 '고난의 행군'이라는 구호
를 제시하며 주민들에게 희생과 충성을 강요했다. 그러나
"한 끼 밥을 위해 허우적거리는" 절망스러운 현실 속에서
당의 선전(宣傳) 구호가 생존을 앞설 수는 없었다. '선전
(先戰)'은 이미 주민들의 주린 뱃속에서 먼저 시작되었기
때문이다. 이 무렵부터 북한 사회에서 탈북이 본격화되었
다는 점이 이를 반증한다. 탈북의 최종 목적지가 대한민
국이 아닐지라도 그들의 목표는 오직 하나였다. "참을 수
없는 배고픔"이라는 질긴 욕망의 탯줄을 끊고 "단 하루라
도 사람처럼 살아보"는 것. 그것이 그들을 굶주림이 없는
'신세계'로 향하게 한 원동력이다.

그러나 오랜 시간 철저한 감시 체제 속에서 우상화에 길
들여진 사람에게 탈북은 얼마나 힘겨운 선택이었을까. 부
모 형제를 떠나 내일을 기약할 수 없는 길, 실패한다면 "민
족반역자로 영영 매장될 수도 있는 위험천만한 길"(「자유」,

『연장전』)이 아니던가. 그래서 시인은 보따리 행상을 하고 장마당을 떠돌면서도, 분배 정의가 사라지고 뇌물과 절도가 횡횡하는 무법천지의 세상을 목도하면서도, 번번이 주저하고 망설였을 것이다. 그러다가 2005년 8월, "숙명처럼 여겼던" 북한에서의 삶에 종지부를 찍고 마침내 "팔자를 앞질"러 탈북을 감행했다. 비로소 "길 없는 산을 넘고 넘어" 자신의 운명을 앞에서 견인하게 된 것이다. 이로써 시인은 "사명 끝난 사회주의"(『이밥에 고깃국』)와 결별하고 자유를 향한 험난한 여정을 시작했다. 탈향과 월경(越境)을 경험하며 디아스포라의 세계로 입국한 것이다. 고향과 부모님에 대한 그리움이 커질수록 이산에 대한 시인의 자의식이 더욱 뚜렷해지는 이유 또한 여기 있을 것이다.

　　내 머릿속에 또렷이 저장된/'승냥이'라는 제목의/인민학교 교과서의 이 그림/떨어진 사과 하나 주었다가/셰퍼드 공격받고 도둑으로 몰린 소년//원수가 오른뺨을 때리면 왼뺨을 내대라/선교사의 이 말에는/우리 민족의 계급의식을 마비시키려는/미제의 침략 의도가 숨어 있다/선교사는 미제의 앞잡이다 (…중략…) 열세 번째 생일을 맞는 아들/전날부터 부산을 피우던 선교사/복숭아가 막물이라 겨우 구했다고 한다/케이크, 복숭아, 바나나, 포도, 빵, 과자…/잔뜩 올린 생일상//아들은 예쁜 뿔 모자를 쓰고/볼펜심 같은 촛불이 춤추는 모습/마냥 바라보고/선교사가 생일 축하 노래 불러준다//폭죽이 팡팡 터지고/화들짝 놀라 아들을 부둥켜안

는데/조막만 한 카메라 들고/셔터를 눌러대는 선교사/함박
웃음이 떠날 줄 모른다//승냥이의 얼굴에/천사의 미소가 포
개진다
                                                    -「선교사」 부분

목숨을 건 탈북 과정에서 "미제의 앞잡이"로만 알았던
선교사가 아무런 대가 없이 자신들을 환대하는 모습은 시
인에게 어떻게 비춰졌을까. 시인의 "머릿속에 또렷이 저
장된/'승냥이'라는 제목의/인민학교 교과서의 그림"과 아
들의 열세 번째 생일을 축하해주기 위해 "전날부터 부산
을 피우"며 아들이 제일 좋아하는 "복숭아"를 구해온 사
람의 이미지는 어떻게 합일될 수 있을까. "상냥한 웃음 속
에 무엇을 숨기고 있을까?"라는 합리적인 의심, 그래도
그것이 거짓이 아니라 진실이라고 믿고 싶은 마음 사이
에서 느끼는 혼란이 짐작된다. 그러므로 "승냥이의 얼굴
에/천사의 미소가 포개진다"는 이 시의 마지막 연은 시인
의 기억 속에서 재생된 현재의 시간과 앞으로 다가올 미
래의 시간이 교차하는 지점을 형상화한 것이라 볼 수 있
다. 이처럼 시인의 작품 속에서 체화된 시간은 매번 그 시
간을 형상화하는 장면들과 이야기 속에서 구체화된다. 그
것은 일차적으로는 시인 자신이 경험한 시간이기도 하지
만 사건과 이야기라는 형태로 작품에서 재현되면서 집단
을 구성하는 서술적 정체성을 갖게 된다. 이 해석적 진실
을 '고발과 증언의 시학'을 추구하는 이명애 시의 역사성
이라 할 수 있을 것이다. 시인은 묻고 있다. "암흑 속에 갇

힌 땅, 강 저편에 그리운 부모 형제가 있습니다. 나는 언제면 정든 고향에 다시 돌아갈 수 있을까요?//세기를 넘어온 탈출의 끝은 과연 언제일까요?"(「탈출의 끝은 언제일까」, 『연장전』)

경계인의 자기확인과 존재 증명

한국에서 탈북민으로 살아간다는 것은 어떤 의미일까. '탈북자→새터민→탈북민' 그들을 지칭하는 표현은 조금씩 달라져 왔다. 하지만 어떤 용어를 선택하든 '이탈자'라는 본래의 정체성은 사라지지 않는다. 고향에서 오랫동안 써왔던 모국어의 딕션이 한국 사회에 '동화'된다고 해서 감춰지지 않는 것처럼 경계인으로서 갖는 그들의 정체성은 쉽게 변하지 않는다. 그리고 이러한 디아스포라적 주체의 위상은 쉼 없이 자신의 존재를 확인하며 살아가야 하는 탈북민 자신과 그들을 바라보는 우리 사회의 왜곡된 시선이 만들어낸 것이기도 하다. 그런 측면에서 탈북민은 한국 사회에서 한국어가 아직 '서툰' 외국인과 그 실존적 위치가 다르지 않다. "실제로 우리는 다중 한국어의 세계에 살지만 단일한 언어로 호명되는 '국어'라는 이름은 현실의 수많은 다른 한국어들을 그 이름 아래로 사라지게 만들거나 다른 한국어를 쓰는 우리 자신을 타자화시키기 때문이다."* 더욱이 한국어의 영역 속으로 물밀 듯이 들어

---

* 백승주, 『미끄러지는 말들』, 타인의사유, 2022, 26쪽 참조.

와 안착한 숱한 외래어들은 북한말과 표준말을 동시에 구사해야 하는 탈북민에겐 '다중언어' 환경을 실감케 하는 언어적 난관이 아닐 수 없다.

다이어트는 식단 조절/즉 살을 뺀다는 뜻이라네//불룩 나온 배는 부유함의 상징/삐쩍 마른 사람들 천지인 북쪽엔/이런 말 생겨날 리 없지//디저트는 식후의 간식/쌀밥 먹으면 됐지/과일이나 과자를 또 먹는다?//엘리베이터/아르바이트//터미널/터널//카드/카트//카센터/카세트//이 말이 저 말 같고/저 말이 이 말 같고//햄버거 가게에 들어가/홈에버 달라고 말했다가/온몸에 쏟아지는 눈길에 당황한다//외운다고 외워지지도 않고/선뜻 물어볼 용기도 없는/두렵기만 한 외래어   -「외래어」 전문

한국 문화에 익숙해지기도 전에 남한 사회 도처에서 경험하는 외래어 홍수. 영어가 익숙하지 않은 탈북민에게 "엘리베이터/아르바이트//터미널/터널//카드/카트//카센터/카세트"는 "이 말이 저 말 같고/저 말이 이 말 같"을 수밖에 없다. 인용한 시에서 화자는 "햄버거 가게에 들어가/홈에버 달라고 말했다가/온몸에 쏟아지는 눈길에 당황"하고 있다. 하지만 40년 넘게 사용해온 '국어'를 쉽게 버릴 수도 없고 낯선 언어를 받아들이는 일도 어렵기는 매한가지다. 일상 속 작은 삽화처럼 보이지만 이 시는 "외운다고 외워지지도 않고" 그렇다고 자신을 '외계인' 취급

하는 사람들에게 "선뜻 물어볼 용기도 없는" 상황에 빠진 탈북민의 딜레마를 현실감 있게 재현하고 있다. 그래서 오래도록 시선이 머무는 작품이다. 의사소통을 위해 말을 섞는 순간 '이북 사투리'를 구사하는 사람은, 더욱이 외래어에 익숙하지 않은 탈북민은 매 순간 고립감과 두려움을 느낄 수밖에 없을 것이다. 그것이 탈북민이 살아가는 현실이다.

대한민국 국민이 됐어도/외국에 나갈 일 없어/여권 구경 못 하고 있는데/누군가 알려준 덕에/일부러 여권을 발급받았다//평양 통행증처럼/시뻘건 줄도/국경 지역 여행증명서처럼/시퍼런 줄도 없다//신분을 확인해줄 한갓 증명서일 뿐/신청만 하면 바로 나오는/아무것도 아닌//이 물건을 만나기까지/40년 넘게 걸렸다   -「여권」부분

디아스포라 문학의 주제를 한마디로 정리한다면 아마도 '정체성 찾기'라 말할 수 있을 것이다. 이는 이창래 작가의 소설 『영원한 이방인(Native Speaker)』의 주인공 '헨리 파크'에게도, 4대에 걸친 재일조선인 가족의 서사를 그린 이민진 작가의 소설 『파친코(Pachinko)』에 등장하는 '솔로몬'에게도, 그리고 탈북민으로 살아가는 이명애 시인의 작품들 속 시적 주체에게도 마찬가지다. 인용한 작품 「여권」에서 "대한민국 국민이 됐어도/외국에 나갈 일 없어/여권 구경 못 하고" 살았다고 고백하는 화자는

"누군가 알려준 덕에/일부러 여권을 발급받"는다. 여기서 주목할 것은 '일부러'라는 부사에 있다. 마지막 연에서 의도가 드러나는 것처럼 화자도 이미 알고 있었다. 북한에서와 달리 대한민국에서는 여권이 "신청만 하면 바로 나오는" 단지 "신분을 확인해줄 한갓 증명서일 뿐"이라는 것을. 그러나 탈북민의 정체성을 안고 살아가는 디아스포라적 주체에게 여행자의 신분과 국적을 증명해주고 상대국에 자국민의 보호를 요청하는 공식적인 문서인 여권이 결코 "아무것도 아닌" "물건"일 수는 없다. 탈북 과정 속에서 제3국을 거쳤던 경험이 있기에 시인에게 여권은 경계인의 위치에 놓일 수밖에 없는 '북한이탈주민'을 대내외적으로 대한민국의 합법적인 국민으로 승인하는 가장 확실하고 상징적인 문서이기 때문이다. 그러므로 특별한 쓸모가 없는데도 화자가 여권을 발급받는 것은 번거로운 자기 확인의 절차이자, 자신에게 부여된 정치적 생명을 확인하는 존재 증명의 과정이라 할 수 있다.

자본주의적 일상과 탈북민의 현실

조심조심 은행 문을 열고/주춤주춤 창구로 다가간다//어떻게 오셨어요?/급여 통장 하나 만들려고요.//내 이름 석 자가 적힌/내 통장이 생겼다/찍힌 숫자는 20,000원//통장이 뭔지/예금이 뭔지//불룩하면 웃고/납작하면 울어야 했던/나의 빨간 돈주머니//매달 들어 올 월급/차곡차곡 쌓여 갈

나의 미래/난생처음 /내 삶을 스스로 설계해본다

-「통장」 부분

　여권을 발급받는 일이 민주주의라는 정치 체제하에서 살아가기 위한 자기확인 절차라면, 통장을 만드는 일은 자본주의 경제 체제하에서 살아가기 위한 필수적인 준비 과정이다. 직장을 갖게 된 화자는 이제 "불룩하면 웃고/납작하면 울어야 했던/나의 빨간 돈주머니" 대신 "매달 들어 올 월급"으로 "차곡차곡 쌓여 갈 나의 미래"와 "삶을 스스로 설계해"볼 수 있게 되었다. 앞이 보이지 않는 "컴컴한 막장"(「신세계」)에서 인간다운 삶과 자유를 꿈꾸던 화자에게 비로소 안정적인 미래가 보이기 시작한 것이다. 그러므로 "내 이름 석 자가 적힌/내 통장"은 사적이지만 가장 보편적인 자본주의적 삶을 영위할 수 있다는 새로운 '가능성'의 표지인 셈이다.

　땀에 절고 눈물에 젖은/강냉이죽 한 그릇/달빛 번뜩이는 시커먼 두만강에/미련 없이 버린다//귀뿌리를 스치는 총탄/왝왝 고아대며 쫓아오는 공안/입술이 하얗게 부르튼 젖먹이를/몽골사막에 묻고/대한민국을 찾아왔다//인력사무소/안경 너머의 가는 눈/아래위로 흩어낸다//하루 일당 가슴에 품고/뿌연 달을 올려다보며/임대아파트에 들어선다//잔을 넘은 알코올/차디찬 방바닥 하염없이 적신다

-「드라마 천국」 부분

그러나 "귀뿌리를 스치는 총탄"과 "입술이 하얗게 부르튼 젖먹이를/몽골사막에 묻고" 찾아온 대한민국이 탈북민에게 확실하고 풍요로운 미래만을 보장하는 것은 아니다. 창문을 가리고 "배불뚝이 TV"로 몰래 엿보던 "푹신한 소파/납작한 TV/주인을 맞는 널따란 침대"가 있는 남한의 모습은 현실 속에서는 선택적으로 존재하기 때문이다. 이처럼 '드라마 천국'이 보여주던 환상과 달리 탈북민 앞에 놓인 현실은 "인력사무소"와 "하루 일당" "임대아파트"와 "잔을 넘은 알코올"이 공존하는 세계다. 북한에서 살 때는 "장사 잘하는 게 최고/돈 잘 버는 게 최고"라고 "소학교만" 나와도 "돈 셀 줄만 알면"(「돈 셀 줄만 알면」) 된다고 스스로를 다독였지만 자본주의적 삶이 일상이 되고 나니 더 이상 좁혀지지 않는 환상과 이상 사이의 괴리감에 깡소주보다 더 쓴 회한이 밀려들기도 하는 것이다. 그사이 초등학생 딸아이는 "반 친구와 말싸움 중/뜬금없는 빨갱이란 말에/말문이 막"히고, "첫 출근하던 날/내 머리에 뿔이 있나 봤다는/직장동료의 우스갯소리"는 "탈북민에 찍힌 빨간 낙인"(「빨갱이가 뭐야」)이 되어 비수처럼 가슴에 박힌다. 이처럼 탈북민의 주변에는 여전히 혐오의 시선과 차별의 말들이 서성이고 있다.

그럼에도 불구하고 첫 시집의 수기에서 시인은 "나는 현재의 삶에 만족한다. 돈이 많은 것도 아니고 내 명의로 된 집이 있는 것도 아니다. 나의 행복은 자유에서 오는 것"이라며 "배고픔을 모르는 생활, 이것만으로도 나는 이미 성공한 인생"(「자유」, 『연장전』)이라고 고백했다. 그리고 한국에서 생활한 지 17년을 맞이한 오늘, "세상이 그리 호락호락하지 않다는 것을" 알았지만, 작은 가게는 겨우 "현상 유지나 하는 정도"지만, 그 '덕분에' 오히려 "시간적 여유가 생기고 글을 쓸 마음의 여유가" 생겼으니 "한편으론 감사하다"(「시인의 말」)고 말한다. 탈북을 결심하던 순간부터 지금까지 일생이 너무나 두렵고 고단했을 시인이 "이 땅에서 살아남는 방법"을 "스스로 터득하고"(「현명하게 사는 법」) 있는 듯해 안심이 되지만, 한편으론 시인의 맑은 영혼이 자본주의적 일상에 잠식되지는 않을까 걱정도 된다. 그래도 그동안 시인이 보여준 담대한 용기와 굳센 성정을 알기에 어떤 난관도 헤쳐나갈 것이라 믿는다.

아울러 한민족 디아스포라 문학의 역사 속에서 지금도 현재진행형으로 씌어지고 있는 탈북문학에 대한 우리의 관심이 더 확장되길 바란다. 엄밀하게 말해 탈북문학은 탈북을 소재로 한 작품과 탈북민이 창작한 작품 모두를 아우르는 개념이지만, 기성 작가들이 창작한 작품 못지않게 주목받아야 할 작품이 바로 후자의 사례라고 생각한다. 이명애 시인의 작품에서 확인했듯 탈북민이 창작한 작품에는 그 어떤 문학적 수사로도 표현하기 힘든 체험의 직접성과 깊이, 그리고 우리가 외면해왔던 실체적 진실이 자리하기 때문이다.

이명애

1965년 8월 평안북도에서 태어나 1981년 8월 평안남도 개천고등중학교를 졸업했다. 2006년 8월 대한민국으로 입국했고, 2016년 2월 숭실사이버대학 방송문예창작학과를 졸업했다. 2017년 12월 'K-스토리' 신인상으로 등단. 2020년 12월 시집 『연장전』 출간.

곰곰나루시인선 016
계곡의 찬 기운 뼛속으로 스며들 때

초판 1쇄 발행 2022년 10월 5일

지은이 이명애   **펴낸이** 임현경
책임편집 홍민석   **편집디자인** 김선민

펴낸곳 곰곰나루
출판등록 제2019-000052호 (2019년 9월 24일)
주소 서울특별시 양천구 목동서로 221 굿모닝탑 201동 605호 (목동)
전화 02-2649-0609
팩스 02-798-1131
전자우편 merdian6304@naver.com

ISBN 979-11-92621-02-9 (03810)

책값 9,600원